ODES & SONNETS

(DIPTYQUES)

✳

SALON DE 1895

✳

ET

MISCELLANÉES

Par Th. VÉRON

Officier de l'Instruction publique
et Lauréat de l'Académie française

POITIERS

CHEZ L'AUTEUR, 24, RUE DE LA CHAINE

1895

Droits réservés

ODES ET SONNETS

(DIPTYQUES)

———✕———

Salon de 1895

———✕———

ET

MISCELLANÉES

ODES & SONNETS

(DIPTYQUES)

— ✕ —

SALON DE 1895

— ✕ —

ET

MISCELLANÉES

Par Th. VÉRON

Officier de l'Instruction publique
et Lauréat de l'Académie française

POITIERS

CHEZ L'AUTEUR, 24, RUE DE LA CHAINE
1895

Droits réservés

Dédié à l'âme de PASTEUR

Parvulos ne despicias.

I

Non, non, tu n'es pas mort, ô trop heureux vieillard !

. . . .

— Rappelé par le créateur de toutes choses,
Déjà vers Uranie envolé sans retard,
L'esprit dégagé du corps en métamorphoses,
Tu reçois l'accueil flatteur des Claude Bernard,
Et des savants à l'abri des métempsycoses.
— Chacun, à ton génie, au respect de ton art,
S'incline, en regrettant que les tuberculoses
Ne t'aient laissé le temps d'arracher le poison
Contagieux qui se multiplie à foison,
Semence des microbe et tout animalcule,
Dont souffre et meurt toujours la pauvre humanité.
— « C'est Roux, dit Pasteur, qui vaincra le tubercule, »
Tel est le vœu sacré de la Divinité !

II

— Cette Divinité, Maître, c'est la Science !
Qui ne trompe jamais, et, dans ses éléments,
Ne peut agir que sous l'œil de la prescience,
Et l'infaillibilité de sa conscience !

. . . .

— Mais vous tous, grands élus, à vos avènements,
A l'appel d'Uranie, ou de l'omniscience,
Heureux ! vous accourez aux nouveaux ralliements,
Sans pourtant oublier la terre et ses absents !

*
. .

— Aussi, prévoyant le départ de la planète,
Humble et respectueux, j'ai voulu mettre en tête,
Des odes et sonnets, comme à tes yeux, Lecteur,
La Gloire de ce monde, avec sa bienfaisance,
Le rang supérieur qu'il rendit à la France,
Comme sa gratitude à l'immortel Pasteur !

Poitiers, 1er octobre 1895.

III

A LA MÉMOIRE DE FEU

Félix-Hyppolite, baron LARREY

MEMBRE DE L'INSTITUT ET DE L'ACADÉMIE DE MÉDECINE

————————•II•————————

Digne fils du baron qui, par sa renommée,
Conquit le nom : « Du plus honnête de l'armée »,
Hyppolite Larrey prit, du même chemin,
Dès l'enfance, la piste et trace accoutumée
Que lui montrait toujours, du cœur et de la main,
Ce héros du devoir, à la vertu famée !
— Comme son père, il n'eut d'objectif souverain
Que la bonté, l'amour envers le genre humain ;
Et, comme lui savant, sa carrière est finie
Ayant bien mérité la justice infinie
De la science qui couronne son labeur.

*
* *

— Noble ami, dors en paix, car sur ton bon génie,
Ce grand Dieu — La Science, à ta gloire bénie,
T'appelle, en même temps, que l'immortel Pasteur.

Poitiers, 10 octobre 1895.

IV

AU LECTEUR

A la sévère loi de la nécrologie
Où règnera toujours la juste égalité,
Certes ! les grands savants de la pathologie,
Comme les radieux, maîtres en chirurgie,
Ont largement payé tribut à l'équité !
Bref, tous les défenseurs de notre humanité,
En ce siècle au déclin, chantent l'apologie
Des progrès accomplis, en toute faculté !

.
. .

— Science Universelle, en ton vaste domaine,
Donne au travailleur les trésors, à pleine main !
Il aime ta lumière, et ta raison le mène
Vers un monde meilleur et lui dit : « à demain ! »
Tout en se transformant, il se sent plus à l'aise
S'écriant : « Dieu progrès, salut à ta genèse ! »

V

— Oui, tous les corps savants, les Lettres, et les Arts
Elèvent en concert à ta gloire éternelle,
Comme un nouveau messie annoncé sans retards,
Ce Dieu progrès venant apporter la nouvelle
Qu'il va distribuer, dans leurs plus justes parts,
Tous les dons du génie à la France fidèle
A la splendeur du beau, dont jamais les regards
N'ont blessé la pudeur des yeux de l'immortelle !

.
. .

Aussi, faisant vibrer le rythme jusqu'au fond
Intime de l'amour où vit sa conscience,
Il l'interroge dans son abîme profond,
Au nom de cet amour qui devient la science
Pénétrant son génie et sa vocation,
Et l'âme est subjuguée en sa séduction.

VI

ODE (Suite)

« Et si tu sens passer un souffle sur ton âme,
Qu'il vienne de la terre ou d'un monde inconnu ;
Que ce soit un soupir de sylphide ou de femme,
Oh ! qu'au fond de ton cœur, il soit le bienvenu !

Recueille avec amour cette divine brise
Comme un écho lointain des harpes de l'azur ;
Donne-la pour dictame à ton cœur qui se brise ;
Pour les chagrins mortels, c'est le remède sûr.

Hélas ! nous avons tous quelque amère souffrance ;
Parfois, c'est du malheur le cruel souvenir,
C'est quelque ange envolé qu'une douce espérance
Promet à nos baisers de faire revenir.

C'est ce qui nous émeut, pèlerins de la terre
Et vient battre notre être avec le bruit du flot,
C'est un vague regret, une plainte éphémère,
Comme un gémissement, une larme, un sanglot.

Mais malgré le tourment de la peine cuisante,
La volupté se cache au fond de la douleur,
La douleur ! vrai creuset d'où l'âme plus puissante,
S'échappe mieux trempée et d'où l'on sort meilleur !

Va, ne regrette pas la douloureuse épreuve :
Après la meurtrissure on sent l'apaisement ;
Et, comme ravivée, et plus fraîche et plus neuve,
Notre nature encor, court à l'enivrement.

Seulement, ce n'est plus sans frein, ni déchaînée,
La passion qui pousse aux dangers de l'écueil ;
L'expérience est là, comme une sœur aînée,
Modérant du plaisir et l'ardeur et l'orgueil.

Plus pur, il se dégage, et sa plus fine essence
Se compose aussi bien d'esprit que de réel ;
Si moins impétueux le désir ne s'élance,
Il n'en vole pas moins avec l'amour au ciel.

C'est alors que la touche, et sensible et fidèle,
Répète tous les sons des claviers attendris ;
L'Art prend à l'idéal sa note la plus belle,
De la splendeur du vrai notre cœur est épris.

C'est alors qu'on entend vibrer les harmonies
Que Platon recevait, fidèle écho des Dieux ;
On sent descendre en soi des grâces infinies,
Que nous chante sur tout un chœur mélodieux.

Oui, tout ce qui séduit dans l'homme et dans les choses,
Par un pur idéal et de nobles côtés,
La nature — Protée, en ses métamorphoses,
L'art et la poésie avec leurs majestés ;

Tout, depuis le ruisseau qui murmure et soupire,
Jusqu'à la vague altière, en sa sombre fureur,
Depuis l'idylle en paix jusqu'au bouillant Shakespeare,
Tout pénètre aux replis les plus secrets du cœur.

Si bien qu'en écoutant ces douces voix intimes,
Nous sentant dégagés des entraves du corps,
L'âme croit s'envoler vers les sphères sublimes,
Et marier sa note aux éternels accords !

VII

Invocation à François PÉTRARQUE

I

— Et toi, prédestinée à l'amour de la Muse,
Ame éclose à l'ardeur du soleil florentin,
Tu reçois de l'oiseau qui gazouille et t'amuse,
Le doux rythme enchanteur; et plus tard, du destin,
Dans l'exil paternel qui t'emmène à Vaucluse,
Deux coups frappent, au cœur, ta jeunesse, au matin :
Le premier, malheureux, qui, pour jamais t'abuse,
Tandis que l'exilé Guelfe, du Gibelin,
Fut l'envoyé du ciel pour ton naissant génie
Car, si Laure inspira, par sa grâce infinie,
Tes immortels sonnets qui chantaient sa beauté,
Tu compris, comme le grand Maître de Florence,
Qu'au tombeau de ton cœur tu laissais l'espérance,
Comme lui, Béatrix, ange, au ciel emporté !

II

Mais ne réveillons pas, tristes réminiscences,
Les tourments de l'amour étouffant les sanglots,
Tes râles, vains efforts, du marin sous les flots ;
Laissons les cruautés fatales exigences,
Les désirs insensés, acérés javelots ;
Perçant ton cœur saignant sous toutes ses souffrances,
Et, platonique amant, contente-toi de mots !
Ces mots ne seront pas de vaines espérances,

*
* *

Mais des pensers brûlants, en caractères nets ;
Surtout des sentiments traversant tous les âges,
Dont ton génie ardent, en amoureux sonnets,
Ainsi qu'un feu sacré, fera vivre les pages
Du livre de l'amour : élégie et douleur
Où le cœur en sanglots gémira de malheur !

III

Eh bien, Maître ! à présent, au nom de la peinture,
J'invoque ton génie et ton autorité,
Pour obtenir de toi la haute investiture
Du brevet de ton art ; et si j'ai mérité
Un peu de cet honneur, qui, de la prélature,
De la diplomatie et grande dignité
Des papes t'a conquis, par la nonciature,
La confiance due à ta sincérité ;

* *

— Oh ! permets que j'espère, en héros à notre âge,
Me conduire, en vaillant, et briguer ton suffrage
A la conquête du genre supérieur,
Dont je bénis en toi, glorieux inventeur,
Le superbe génie aux claviers multitones
Où j'étudierai tes sonnets et tes canzones !

Poitiers, 28 octobre 1895.

Diptyques de Sonnets sur le grand Art

LA MÉDAILLE D'HONNEUR
DU SALON 1895 (PEINTURE)

Sonnet, à HEBERT (Ernest), membre de l'Institut,
Ex-Directeur de l'Ecole de Rome.

I

Le sommeil de l'Enfant Jésus

Lorsque l'ange aperçoit, sur le sein de sa mère,
L'enfant-Dieu s'endormant, au son de son hautbois
Qui modulait un chant aussi doux qu'une voix,
Gabriel, le gardien vigilant et sévère,
Eloigne doucement, angélique trouvère,
L'instrument sur lequel posent encor ses doigts ;
Puis, aux pieds du Sauveur, seul foyer de lumière,
Il demeure en extase, et médite à la fois.
Mais comme l'atmosphère est couverte d'un voile,
Marie est effacée, une très vive étoile
Brille, seule, à côté du front de Gabriel !

*
* *

— « Groupe, à l'aspect divin, de claire et vûe-obscure,
Se dégage aussitôt cette note très sûre :
C'est que ton œuvre, Hébert, a pris naissance au ciel ! »

30 juin 1895.

II

Du grand Art

Privilège sacré du grand art sur la terre,
Tes multiples rayons expliquent le mandat
Où l'élu créateur, jusqu'au divin mystère,
A le droit de ravir, sans aucun plagiat,
Tout ce que Dieu veut bien accorder de lumière,
A la condition, qu'en son apostolat,
Libre-penseur, et vigoureux missionnaire,
Il n'ait que le vrai-beau, pour but immédiat !

* *

Telle est la loi sévère, à la docte phalange,
Le grand dispensateur condamne tout mélange
Dans la règle et la qualité du plus grand goût :
« Amour, pitié, terreur, trilogie artistique »
Sont tes guides certains, voie aristotélique,
Par eux, le vrai génie, à jamais est debout !

Au Statuaire Bartholdi

—•◦•—

MÉDAILLE D'HONNEUR

DU SALON 1895 (SCULPTURE)

*Pour son groupe : « La Suisse secourant les douleurs
de Strasbourg pendant le siège de 1870*

———————

Honneur à l'Helvétie ! en sa sélection,
Elle a su deviner le ciseau du grand maître,
Du patriote-ami, que toute nation
Classe au sommet épique et ne peut méconnaître !
Car, le pays de Tell plein d'indignation, (1)
Maudit Hoenzollern et son chancelier traître
Qui le grise de criminelle ambition,
Tout en dissimulant, et ne voulant paraître.

*
* *

Mais Bâle (canton-ville), au passage du Rhin,
A la duplicité, mettant l'éternel frein,
Du groupe Bartholdi fera briller l'histoire ;
Le fleuve voyageur, à tous ses confluents,
Vengera les Français vaincus par guets-apens ;
Noble défaite plus grande que la victoire !

(1) Guillaume Tell.

—•➤◦◂•—

CROISY (Aristide) H. C.

1° « Monument commémoratif devant être élevé à Sedan, à la mémoire des soldats morts pour la patrie (groupe bronze). — 2° Défense du pont de Bazeilles (1ᵉʳ août 1870) Bas-relief, bronze. »

SONNET

I

Presque congénère, en sa fibre,
Avec Bartholdi dans son vol,
Croisy patriote, à son sol,
Voue un amour brûlant dont vibre
Son œuvre, où, comme l'alcool
La verve monte en tout calibre
Lebel crépitant, canon fol,
Tonnant crescendo d'équilibre !. .
Certes ! par toi, sculpteur ardent,
La revanche veut dent pour dent,
Œil pour œil, et si déchaînée,
La guerre arbore l'étendard,
Nouveau Tyrtée ! oui, par ton art
La victoire est déjà gagnée !

II

Je ne veux point encor, Croisy !
Passer sous silence Chanzy
Dont par toi vit la grande image,
Car, le vrai héros, d'âge en âge,
Affirme au groupe que voici,
Que jamais ciseau mieux choisi
N'a buriné plus belle page
Digne, en tout siècle, du suffrage
Que proclame l'éternité.
— Voyez-le, dans sa gravité,
Debout, à travers la mitraille,
Calme, attentif, à ses soldats
Commander : « feu ! » dans les combats
Comme le Dieu de la bataille !

Au peintre et statuaire Gérome

MEMBRE DE L'INSTITUT

Alma Véritas

I

— Oui, l'âme du penseur, en proie à la souffrance,
N'entend plus les appels généreux du devoir,
Et son culte pieux, qu'obscurcit l'ignorance,
Te pleure, ô Vérité ! tremble de ne plus voir
Ton front resplendissant, au fidèle miroir
Où rayonne l'éclat pur de ta conscience !
Mais le maître vaillant, bravant ton désespoir,
La palette à la main, jusqu'en ton puits s'élance,
En scaphandre hardi, sonde ton élément :
O ciel ! qu'aperçoit-il, au fond du monument ?
Ta psyché, ton symbole, en débris, calcinée,
Et flétrie et souillée, opaque, sans lueurs ;
Puis, en bas, sur le sol, sous les coups des rhéteurs,
Des menteurs histrions, tu gis assassinée !...

II

Telle est du vrai génie, ennemi de tout mal,
La douleur éternelle abreuvant ses pensées,
En voyant quel attrait pousse l'homme animal,
Vers toutes passions méchantes, insensées,
Infiltrant le poison au cœur de l'idéal,
Faisant toujours boiter les vérités faussées,
Ricanant de les voir en leur viol blessées,
N'ayant plus qu'à gémir, en leur chœur lacrymal,

* *

— Eh bien non, c'en est fait de la tourbe maudite,
La victoire devra revenir au mérite,
La puissance du beau, ranimant ses efforts,
Armera les vertus en superbes guerrières
Qui sauront pourfendre Macbeth et ses sorcières,
Levant la tête au ciel, comme les héros forts !

Hector LEROUX

—×—

LE POÈME DES VESTALES

I

Sans mythe, ni confusion
De fille ou femme de Saturne,
— Vesta ! ton institution
Romaine, au suffrage de l'urne,
Règle au sort la sélection
Des vestales en mission
De veiller, à l'heure nocturne,
Aussi bien qu'à celle diurne
Au feu sacré de ton autel !
Son entretien sévère est tel,
Que, s'il meurt par oubli, paresse :
Supplice, atroce en cruauté,
On enterre la pécheresse,
Toute vivante en sa beauté !

II

Mais en revanche, les honneurs
Comblent la correcte carrière
De la vestale, où, la première,
Elle domine les hauteurs
De toute classe, et la plus fière.
— Vierges prêtresses, leurs pudeurs
Ont comme un rayon de lumière
Qui les précède, en leurs candeurs.
En tête de tous les cortèges,
Elles ont tous les privilèges
Que commande leur noble aspect,
Et la chasteté qui les guide
Impose sur leur front splendide
L'autorité du pur respect

III

TIRAGE AU SORT D'UNE VESTALE NOUVELLE

Historien des plus fidèles,
Vivant dans les siècles passés,
Hector Leroux, des grands modèles,
Ressuscite les trépassés :
« Jeunes, chastes et vraiment belles
Aucuns souvenirs effacés
Parmi ses vestales nouvelles ;
Après les rites prononcés,
Le grand prêtre approche et se penche
Sur l'urne où plonge la main blanche
De la plus innocente enfant.
Et, la noble patricienne,
Pour que son orgueil s'en souvienne,
Tire un numéro triomphant !

IV

— Les voyez-vous dans leur beau temple
Gréco-romain de style altier,
Où, l'œil sévère ne contemple
Qu'un double rang très régulier
De colonnade où, la nef ample,
S'ouvre en théâtre hospitalier,
Et c'est là qu'en montrant l'exemple,
A la fois grave et familier,
Le vénérable, à ses vestales,
Dans les formes sacerdotales,
Avec art tient ce long discours :
— « Après notre cérémonie,
« Prions Vesta, mère bénie,
« Que sa vertu sauve nos jours ! »

V

LANUZIA ; — VESTALE

*Evite d'être enterrée vive, en se précipitant du haut
en bas de sa maison*

— « Oui, mes sœurs, vous l'avez connue
« La trompeuse et traîtresse sœur ;
« Quand nous fêtions sa bienvenue,
« Qui se doutait de la noirceur
. « D'une âme fourbe où s'insinue
« L'hypocrisie, avec douceur ?
» Aussitôt qu'elle fut venue,
« J'appris, hélas ! avec douleur
« Que la malheureuse et coupable
« Se croyait très forte et capable
« D'éviter la Tentation..
Malgré ses vœux, cette infidèle,
Lanuzia, la criminelle
A commis sa lâche action !

VI

— A-t-elle cru, cette insensée,
Par son suicide trompeur,
Concevoir l'arrière pensée
D'atténuer le déshonneur,
Tombant sur le coup, fracassée
Et morte, en sa pleine impudeur ?
Eh bien non, doublement faussée,
La faute aura double rigueur.
Ainsi, le corps sans sépulture,
Subira, comme forfaiture,
Les outrages des animaux,
Et, comme opprobre en la nature,
Lanuzia, dépouille impure,
Je te voue aux Dieux infernaux !

A Hector LEROUX

I

Ton œuvre suit son cours, en ses sublimes pages
Et, toujours en progrès. ô Maître des penseurs !
Montrant l'orgueil humain, les nuances des âges,
La férocité de tes vains législateurs,
Avec leurs impuissants, lâches aréopages,
Combattant la nature, en ses droits bienfaiteurs.
Mais la beauté de tes éternelles images,
Types gréco-romains, sont les accusateurs
Du crime d'enterrer, vivantes, des élites,
Des vestales, sous un prétexte d'impudeur !

. . . .

*
* *

— Ah ! puisse un courageux pinceau, des Carmélites
Condamner le fanatisme, dans sa hideur !
Car, ce n'est pas trente ans que dure leur martyre,
Mais bien la vie entière, en un cruel délire !

———————————

HENNER (Jean-Jacques)
MEMBRE DE L'INSTITUT

I

Ce peintre existe, c'est Jean Henner le grand maître !
Vrai génie éprouvé, dans sa vivante ardeur,
De l'idéal, du beau, sondant la profondeur :
Au printemps de sa vie, il fit d'abord connaître
La grandeur de son âme, en toute sa splendeur,
Rendant hommage au seul divin côté de l'être,
A la forme, à l'amour ne pouvant jamais naître,
Que fécondés par le souffle du créateur.
Mais après cet effluve aimant de la jeunesse,
La méditation couronnant la sagesse,
Vers le monde moral, la sensibilité
Précipite son cœur, en pleine vie austère
D'ascète vers la foi, la douleur, la prière,
Et jusqu'au Golgotha, saignante humanité !

II

Et, ce n'est plus alors qu'un divin sacrifice :
Les anges des douleurs, près du cruel supplice,
Sont au pied de la croix veillant sur le malheur,
Tandis que Magdala trouve au fond du calice,
Du désespoir amer l'enivrante saveur,
En se frappant le sein avec son dur cilice,
Et de ses blonds cheveux, inonde, du Sauveur,
Les pieds cloués, saignants, en livide sueur...

*
* *

Cependant, le jour baisse et, par le crépuscule,
Le Calvaire, assombri sous le soir qui recule,
Laisse à peine entrevoir le gibet ténébreux,
Où le supplicié, d'une pâle auréole,
Eclaire d'un reflet le triste groupe ombreux,
D'où partent des sanglots, mais pas une parole !

III

— C'est en votre terreur obscure, divins drames !
Que le profond Henner s'envole et devient grand,
Alors que sa pitié traite les saintes femmes :
Elles sont bien à lui ! Car jamais, ni Rembrandt,
Ni Prudhon n'ont trouvé cet accent enivrant ;
Oui, dans cette envolée, en cherchant des dictames,
Il rapporte d'en haut le céleste calmant.
Le chemin du Calvaire ouvrant celui des âmes,
L'homme s'est agrandi dans les saintes douleurs ;
Plus dans son désespoir, il a versé de pleurs,
Sur lui-même, il devient le tendre humanitaire,
Entrevoyant, que, le vrai génie est l'amour
Rêvant d'un autre ciel et d'un plus pur séjour
Que le sombre vallon des larmes de la terre.

(William) BOUGUEREAU

MEMBRE DE L'INSTITUT

IV

— « L'amour et Psyché » vont nous donner, à propos
Une étude, en passant, des plus forts congénères ;
Car, du beau mythe antique, avec sujet dispos,
Dans les bras de l'amour Psyché s'envole aux sphères...

. . . .

— Mais préalablement, saluons les héros
Henner et Bouguereau rivaux des nobles guerres,
Pacifiques combats où lauriers et bravos
Font indistinctement s'entrelacer des frères !

*
* *

— L'amour ! cet éternel dieu de l'antiquité,
Aux maîtres de génie, offre-t-il, en symbole,
Sens unique et pouvoir, sans ambiguïté ?
— Comment interpréter la grandeur de son rôle ;
Encor mieux, pour Psyché, sa curiosité ?
— A l'agréable fable accordons la parole :

V

— Psyché, l'âme pudique, ici, paraît fautive :
« Quand zéphyr la délivre, emporte en tourbillon,
« Au féérique palais, où la nuit, moins craintive,
« Malgré défense expresse, un piquant aiguillon
« Lui fait commettre une imprudente tentative ;
« D'ailleurs, la volupté décline tout bâillon,
« Et Psyché, pour mieux voir le vrai Dieu papillon,
« Une lampe à la main, se rapproche, furtive.
— O ciel ! terrible coup de la fatalité !
« De la lampe penchée, une goutte brûlante
« Tombe sur le beau corps de la divinité,
« Et, terrible réveil ! sous sa faute accablante,
« Psyché voit le palais crouler dans le néant,
« Quand, sans même un regard, s'envole son amant !

VI

« Ce n'est pas tout, Vénus la trouvant criminelle,
« De son dur châtiment poursuivit la mortelle,
« Au point que son cher fils en fut très offensé,
« Mais redoublant d'ardeur, l'amour très courroucé
« Contre la dureté de sa mère cruelle,
« En désobéissant, méprisa sa tutelle ;
« Car la pauvre Psyché jamais n'avait pensé
« Que l'Amour pouvait lui pardonner son passé ! »

.   .   .   .

*
* *

— Or, pour analyser le fait psychologique.
L'Art, entre les rivaux, faut-il s'en étonner?
Sur le même sujet, par droit de la logique,
N'eût offert à chacun : Bouguereau, comme Henner,
Que leur fonds personnel, leur étude plastique,
Que la nature eût pu seulement leur donner.

VII

Car les principes vrais, de leurs sources profondes,
Qui, du foyer vital, vont diriger les mondes,
Impriment, au début et, dès l'éclosion,
L'objectif bien marqué de toute vision
De l'œil ou de l'esprit, en nuances, fécondes,
Morales pour le bien, et, pour le mal immondes ;
Mais dans l'art avant tout, plane la Mission
Dirigeant le devoir de la vocation !

*
* *

C'est surtout au grand art que tout élu se classe,
Et, noble ambition, l'hiérarchique place
Est de droit, au sommet qu'aura bien mérité
Le génie à son plan par son autorité,
S'élevant au degré qu'exige la lumière
Après s'être affranchi du poids de la matière,

VIII

Tel est, à priori, l'axiome posé :
« En Amour, comme en Art, la science a basé
Le vrai, le beau sur l'immortalité de l'âme ;
Et, c'est pourquoi Psyché, la virginale femme,
Avec l'Amour lui-même, est le beau, composé
D'idéal éternel, cont le divin programme
Est trop in ccessible au monde bas, infâme,
Qui toujours contre le vrai beau s'est opposé.

*
* *

Mais l'Art intelligent épouse l'apologue
De l'amour et Psyché ! — pour clore le prologue,
Dans le Beau comparons les termes, les rapports,
Des lacunes plaignons les côtés regrettables,
Et des grands créateurs vraiment infatigables
Couronnons le génie et les savants efforts !

IX

Sans prétendre évoquer l'esprit des parallèles
Des groupes très nombreux, au même amour fidèles,
J'appellerai Lefèbvre et son ami Bonnat,
Des apôtres vaillants dévouant leur mandat
A préparer la voie au choix des beaux modèles,
Doublement fiers surtout d'en ouvrir de nouvelles,
Sans asservir l'école à leur apostolat ;
Et loin de décliner les vœux des coups d'Etat,
Devinant le rayon, ou l'étoile bénie,
Encourager l'audace, exciter le génie,
Donnant l'appui moral de la complicité,
Pour soutenir l'élan de la précocité ;
C'est généreux, puissant, que d'escompter la gloire
Le grand maître n'y fait qu'agrandir sa mémoire !

X

Les Maignan, Rochegrosse, aussi bien que Régnault,
L'immortel Delacroix, grâces à Géricault,
Eurent, dans l'amitié, comme en l'expérience,
Des aînés généreux conseillant la prudence,
Où l'élan spontané, le prenait de très haut !
Pour gagner la victoire, ou l'enlever d'assaut.
— Et, qu'en résultait-il, en cas de conscience ?
L'engagement formel d'augmenter sa science,
Pour élever son œuvre au-dessus des niveaux
Qu'espéraient dépasser ces artistes nouveaux.
Aussi, triple succès : « La fin de Babylone ! » (1)
— « Les voix du Tocsin » — L'apothéose Carpeaux (2)
Trois œuvres de grand goût dont la puissance étonne,
N'ayant rien de banal à travers les tableaux !

XI

— Allons, Maîtres puissants, Maîtres des grandes races !
Qui, des siècles passés, faites vivre les traces,
Vous ne pouvez manquer de conclure, à la fin,
De notre dix-neuvième, à ses mille surfaces,
Que d'un labeur moral le grand art ne soit plein,
Qu'il n'a pas dit son mot et qu'il cherche les places,
Où, génie et progrès, en leur but souverain,
Ne peuvent qu'accomplir l'œuvre nouveau divin,
Où moraliste ardent de la planète Terre,
L'Art civilisateur devient humanitaire
Afin de rapprocher ses peuples désunis ;
Et, qu'avant peu l'Europe, en Grands-Etats-Unis,
Puisse enfin ! par l'arbitrage, abolir la guerre
Dans toutes nations d'hommes libres, d'amis !

(1) Honneur à l'éducation artistique de Rochegrosse
par feu Gustave Boulanger et Gérome ce maître et con-
seiller incomparable actuel des genres de l'art. Honneur
et gratitude surtout à feu Théodore de Banville, le grand
poète qui versa son âme de feu en ce puissant peintre dra-
matique et philosophe.
(2) On ne saurait trop méditer sur l'œuvre multiple et
varié de cet artiste de grande race, dont la poésie inspire
le talent et promet encore des œuvres d'une originalité
remarquable et inattendue, tant la muse de cette palette
multitone n'accepte que les inspirations d'une source
toujours nouvelle.

XII

Oui, d'un commun accord, sagesse humanitaire !
La France et la Russie, en pensée unitaire,
Ont rendu le verdict émis par la raison
D'imposer, sans retard, une terminaison
Au conflit provocant du trouble militaire,
Qu'en son ambition, sans frein autoritaire,
Soulève Hoenzollern avec combinaison
De mettre l'étincelle aux poudres de la guerre,
   Mais halte-là ! Car, nous, Peuples civilisés,
Malgré nos ennemis ingrats et divisés,
Nous mettrons une digue à cette barbarie,
En travaillant au nom de l'unique patrie,
Nous n'aurons qu'un seul vœu : la paix, l'ambition
D'être soldats de la civilisation.

XIII

Le mandat est sacré, sectateurs des sciences,
— Nous, vos admirateurs, Beaux-Arts omnisciences,
Nous enfermant pour vous en un culte pieux !
Fiers de la mission d'obéir à nos Dieux !
Car, en soi, qui n'a pas, en ses réminiscences,
L'éternel souvenir du rythme harmonieux
Qu'il reçut en naissant de leurs munificences,
Et lui donne, ici-bas, un avant-goût des cieux !

. . . .

C'est pourquoi, des élus élevant notre sphère,
De nouveau, nous allons, en fidèle confrère,
Chanter les qualités, les dons les plus heureux
De tous les créateurs, auxquels un Dieu confère
Son divin attribut, tant son cœur généreux
Veut, en sa créature, un aide valeureux !

XIV

— Evohé ! nous allons, en plein militarisme,
Contre la barbarie, en lutteurs généreux,
A ces fourbes prouver que l'humanitarisme
Est l'unique moyen de devenir heureux ;
Que leur hégémonie, en faux patriotisme,
Par la conquête mène au cercle vicieux,
Au point qu'allant sombrer dans leur anachronisme ;
L'Allemagne-Italie, en complot odieux,
Vont tomber en ruine et stupide démence,
Voyant la paix forcée avec ordre et clémence,
Aux peuples enseigner la raison, le bon sens.
Et délivrés enfin de leur vieille ignorance,
Ces peuples éclairés, justes, reconnaissants,
Suivront avec respect la Russie et la France !

XV

Oui, vous l'avez voulu, c'est la fatalité
Qui vous défend d'oser pouvoir tirer l'épée,
Vous trouvant sur le pied de l'inégalité,
Condamnés à nous voir emboîter l'épopée,
Où votre orgueil puni, l'infériorité
De votre hégémonie, un instant, usurpée,
En pleine illusion, tout à coup s'est trompée,
Pour vous faire descendre à la médiocrité...
— Et pour comble de joie, à nos grandes manœuvres,
Voyez, de quel entrain, viennent suivre nos œuvres,
L'état-major et nos généraux alliés !
Méditez bien sur ces glorieux exercices,
Sur l'amoncellement de tous nos sacrifices
Ajoutés aux méfaits qui me sont oubliés !

DETAILLE (Édouard)

MEMBRE DE L'INSTITUT

XVI

Pourtant, rassurez-vous ! ne voyez nul prélude
Comminatoire, pas même une agression,
Puisque je ferme, ici, cette digression,
Pour suivre l'agréable fil de mon étude ;

.   .   .   .
— « Detaille ! » à ce beau nom rempli de rectitude ;
Le multiple talent, vivant d'expression,
Naît, sans aucun effort, en son expression,
Tel qu'un don divin de créatrice aptitude.

On prétend qu'il fut élève de Meissonnier ?
En tous cas, il fit le plus grand honneur au Maître,
Dont la vocation, on ne peut le nier,
(Tant ! en son œuvre, il est aisé de le connaître),
La miniature fut la proportion
Seule possible à sa rare correction !

XVII

FEU MEISSONNIER

Si ce grand petit peintre, excessif en sa gloire,
A dignement conquis ses titres pour l'histoire,
Il ne le doit qu'à l'effort de sa volonté,
Disent les uns, et d'autres, à l'acuité
De la vue, une véritable chambre noire
Dont Meissonnier faisait son juste observatoire,
Où, comme un photographe, il fixait son sujet,
Le fouillant à l'excès, en rendait tout l'effet.

Mais hélas ! condamné, le fait est trop notoire,
A l'art vraiment réduit, digne de Lilliput,
L'antipode du grand, lacune vexatoire !
Meissonnier Lilliputien fit comme il put...
Et, comme il n'était pas d'un vague esprit qui flotte,
En sa vocation, il suivit l'anecdote...

XVIII

Puis, quand sonna l'âge de la virilité,
Le patriote abdiqua la futilité
De son genre tout personnel anecdotique,
Pour aborder celui de ses rêves : « l'épique ! »
Et, s'il n'eut pas l'espace, il eut l'intensité,
Le caractère, avec l'effet très condensé ;
Ce qui lui valut, sous l'Empire, et République (1)
Le brevet mérité d'être un peintre historique,
Mais en respectant son vrai plan antérieur.

*
* *

Ainsi remettons vite, au rang supérieur,
Son élève Detaille humble et modeste, en somme,
Qui, de feu Meissonnier son maître se renomme ;
Mais la justice brille, et les œuvres toujours
L'emportent, tôt ou tard, à l'éclat des concours.

XIX

LEURS A. R. LE PRINCE DE GALLES ET LE D. DE CONNAUGHT

Or, pour corroborer mon évidente thèse,
Sans parti-pris, lecteur, je vais te mettre à l'aise,
Et prouver, en montant au vrai diapason,
Qu'en genres différents, nulle comparaison
Ne peut être établie, et même l'antithèse
Deviendrait, à coup sûr, une injure française ;
Si l'ignorance allait outrager la raison,
Quand le bon sens lui seul est la péroraison :

*
* *

— Jetez donc, à la loupe, un coup d'œil aux figures.
De Lilliput, où les « Liseurs », « joueurs d'échecs, »
« Ou valets et marquis » emphatiques statures,
Société Louis quinze, aux convenus aspects !
— Comparez à présent, leurs Altesses Royales
Et le Duc de Connaught et le Prince de Galles !

(1) Il est inadmissible qu'on ose et puisse mettre en
parallèle, avec les David, Gros, Géricault, Yvon, Pils, de
Neuville et Detaille, cet éminent peintre de genre réduit
feu Meissonnier, l'incomparable.

XX

— Voyez les chevaucher à travers les forêts,
Ou plutôt les ajoncs, les landes, la bruyère :
Ils s'avancent de front, l'un de l'autre très près,
Leurs alezans faisant voler force poussière,
Piaffant, maintenus, en bride, et tout exprès,
Pour mieux laisser passer, à travers la clairière,
Les Higlanders venant de côté, comme auprès,
Un régiment de Horses guards par derrière.

*
* *

C'est ainsi que défile et, sous un beau soleil,
Ce vrai groupe royal : — à défaut de cravache,
Une canne à la main et nullement bravache,
Le Prince, avec élan, dit : « Quel temps sans pareil,
Cher Duc, nous fait goûter cette température,
Et cet air ambiant, Bénissons la nature ! »

XXI

Le fait est qu'en cette œuvre, où le soleil si beau,
De ses rayons poudroie et, comme d'un flambeau,
Fait descendre la vie à tout, jusqu'au brin d'herbe,
Où l'insecte bruit : où le groupe superbe,
Semble vouloir enfin s'élancer du tableau,
On dirait qu'on entend la parole, ou le verbe
Entre les cavaliers, gazouillant, en ruisseau,
Quelque vif entretien, où pétille l'adverbe.

*
* *

Eh bien, si je compare à ces si beaux portraits
Historiques, vivant dans leurs si nobles traits,
L'œuvre épique du vrai Lilliputien Maître !
« — A Solférino, Le *Grand* Napoléon trois ; » (1)
Je m'affaiblis la vue, et viens à reconnaître
Que tous les spectateurs, comme moi, restent froids.

(1) Miniature à l'huile des plus soignées et qui préten-
dait lutter avec les œuvres du grand maître du genre
A. Yvon.

XXII

« SORTIE DE LA GARNISON DE HUNINGUE ;
20 AOUT 1815 »

Le triomphe du genre épique, en l'héroïsme,
Est de pouvoir atteindre aux sommets glorieux,
Où l'homme a le vertige et, dans son égoïsme,
A tellement grandi sa valeur à ses yeux,
Que, loin de s'oublier, en son vain fétichisme,
Son noble orgueil l'élève en bonds vertigineux,
Jusqu'à faire un héros sublime, en stoïcisme,
Digne d'Homère et de s'élever jusqu'aux cieux !

*
* *

— Félicitons, ici, le grand peintre Detaille
D'anoblir son génie à ces exploits français,
Et, certe ! il est Maître en l'épopée ; et, de taille
A mériter la palme d'or des grands succès.

. . . .
— En patriote ardent, aussi plus je contemple
Cette œuvre hors-ligne, c'est pour l'offrir en exemple :

XXIII

Quand les boulets faisaient voler, en mille éclats,
Les colonnes et les murs de la citadelle,
— « Bast ! disait Barbanègre : Avec son vain fracas,
« Que veut donc l'Archiduc ? Croit-il, qu'en infidèle,
« Ma garnison irait se mettre dans le cas
« Du plus lâche silence, et servir de modèle
« A la désertion, faire ainsi parler d'elle ?
« Non, non, ma garnison meurt, et ne se rend pas !

*
* *

« — Si, contre nous deux cents, ils étaient trente mille,
« Avons-nous calculé, résistance inutile,
« Si la victoire était possible, et si, jamais,
« Il fallait hésiter sur le devoir français ?
« Non certes ! encor moins ! amis, notre courage
« Doit redoubler d'ardeur, monter jusqu'à la rage ! »

XXIV

— Et, les héros, ainsi vraiment transfigurés,
A travers la fumée, et le fer et la poudre,
Redoublaient de vigueur, et, tous comme enivrés,
Donnaient l'illusion ; car, prompts comme la foudre,
Ils prolongeaient leurs coups habiles, mesurés ;
Si bien, que l'archiduc finit par se résoudre
Aux préliminaires justes et modérés
D'un pacte qu'on ne peut ni rompre, ni dissoudre,
Justice qu'on se rend entre camps ennemis ;
Et ce ne fut qu'avec les honneurs de la guerre,
Que Barbanègre accepta du parlementaire
Cette solution juste, et comme entre amis :
Car demain, trente mille autrichiens en armes,
Saluant des héros, au cœur auront des larmes !...

XXV

Comme pour la revue, et clairons et tambours,
La diane battait, sonnait, des plus beaux jours
L'heureux lever en paix, aux rayons de l'aurore,
D'un ciel d'azur que le soleil réchauffe et dore,
Et déjà comme en fête, au souffle des amours,
Huningue soupirait, aux champs, comme aux faubourgs :
« La paix, mon Dieu ! merci, nous pourrons vivre encore !
— Belle soit la revue ! Huningue se décore ! »

*
* *

En effet, l'Archiduc, à la porte d'honneur
De la citadelle encor bien dûment fermée,
Avec l'état-major en tête de l'armée,
En parallèles rangs de quadruple largeur,
La divisait des deux bords et côtés de route,
Afin, qu'en son milieu, très libre elle fût toute !

XXVI

Quand l'horloge d'Huningue eût sonné lentement
Cinq heures du matin, un très long roulement
De caisse, dans sa note assez triste et fidèle,
Fit des adieux à sa bien chère citadelle,
Dont la porte s'ouvrit presque péniblement,
A l'ordre que reçut la vieille sentinelle.
Puis, du fond de la cour, très solennellement,
Viennent battant la charge, et d'une fierté telle,
Deux tambours, qu'on dirait un vrai groupe vivant,
Opposant la plus mâle à la jeune antithèse,
Pour résumer l'Empire, en sa crâne synthèse,
Dont voici double touche à ce croquis suivant
Offrant le clou de cette œuvre vraiment réelle
— Bien digne, en vérité, de rester immortelle !

XXVII

Le premier, vieux soldat, glorieux en schakos,
Eût pu léguer le sien légendaire à l'histoire,
Car le plomb, en sifflant, avait dit aux échos :
— « De ce beau couvre-chef, je fais une écumoire ;
Mais je veux respecter les plumets rococos.
Quant à son compagnon, jeune, avide de gloire,
A se grandir pour elle, en ses vrais vertigos,
Il prenait pour moyen à peu près dérisoire,
Un bonnet de police assez ferme en hauteur,
Et qui, de cet adulte, en augmentant la taille,
Lui permettait sa large part à la bataille.
Pour ce petit tambour, rien n'était plus flatteur
Que de battre la charge à travers la mitraille,
Et d'être à l'assaut, le premier près du vainqueur!

XXVIII

— Ainsi, voyez-les bien, en ce rare épisode,
Tous les deux, malgré le schako, le haut bonnet,
De leur côté grotesque, élever jusqu'à l'ode,
Jusques au haut style épique, un sublime foyer,
Auquel je dois souligner, en vaillante épode,
Qu'ils ont bien eu raison, ici, de ne ployer
Qu'à leur goût personnel, ils ont droit d'employer
Le naïf, et bizarre !... et j'applaudis, rupsode !

* *

— Frappez, battez la caisse ! oui, votre garnison
A le superbe droit, vrais héros d'iliade,
En sortant, mutilés de la noble prison,
De montrer les débris de la sainte pléïade
Préférant la mort, à la lâche livraison,
Le comble de la criminelle trahison !

XXIX

Ils furent vraiment beaux de martiale allure,
Quand Barbanègre, avec l'épée hors du fourreau,
Donna l'ordre : « En avant ! » aussitôt la figure
Du brave général éclaira le tableau ;
Et, comme électrisés, que l'honneur transfigure,
Les deux tambours pensaient : « Nous battons la mesure
Du vrai soldat français mourant pour son drapeau ! »
— Dans cette note juste, on sentait, sous sa peau,
Courir de vrais frissons où, dans l'idolâtrie,
L'âme et le cœur émus battaient pour la patrie.

. . . .

— Voyant ces éclopés sortir de leur prison,
L'archiduc avisa le brave Barbanègre :
— « Mais où donc, général, est votre garnison ? »
— « C'est nous-mêmes, dit-il, fièrement, l'air allègre ! »

XXX

L'archiduc Jean sentit, du haut de sa grandeur,
S'effondrer son orgueil, et, dans la profondeur
Du néant bien réel de son suprême grade,
Auprès de Barbanègre, il voit qu'il rétrograde,
Mais sa belle nature a séduit son grand cœur,
Car d'élan spontané, lui donnant l'accolade,
— « Général, permettez que votre admirateur,
Au nom de vos héros, répète l'embrassade,
Car, je l'affirme haut, au nom de mes soldats,
Je tiens à leur montrer qu'en serrant dans mes bras
Leur brave général, et plus je le contemple
Avec de tels soutiens, je le mets en exemple !
Et vous proclame tous, avec joie et bonheur,
Comme les vrais piliers de la gloire et l'honneur ! »

*
* *

Il dit, et la journée, avec réjouissance,
Fêta les braves qui glorifiaient la France ! »

XXXI

LES HÉROS DU DEVOIR

Maintenant pour chanter la note du devoir,
Il est juste, au vrai sens moral, de se revoir,
Et de faire vibrer la fibre du courage,
Car on ne saurait trop louer le sauvetage :
Lorsque le cœur humain, très prompt à s'émouvoir,
S'empresse, à la pitié de rendre son hommage,
Il est logique aussi d'encenser le pouvoir
Des héros sauveteurs bravant mort et naufrage !...

*
* *

Cette note du cœur sensible et généreux,
Détaille la possède au clavier chaleureux
Où s'inspire l'amour enflammé de son âme,
Et classe cet artiste aux premiers rangs du drame.

XXXII

— Au feu ! tel est le cri lugubre, plein d'alarmes,
Qui retentit la nuit ; les sanglots et les larmes
Qu'arrache, dans la peur, un imminent danger,
Affolent mère, enfants, voisin comme étranger ;
Et d'étage en étage, hurlements et vacarmes,
Cris de mort, on dirait qu'on passe par les armes,
Les pauvres habitants qu'on entend égorger,
Dans la maison maudite et qu'on vient d'assièger..

*
* *

Tout-à-coup, dans l'horreur de ces cris de carnage,
Retentit le clairon, signal du sauvetage ;
Et l'espoir qui renaît, vient apaiser le bruit,
L'angoisse du salut étreignant toutes âmes,
O bonheur ! sur les toits, à la lueur des flammes,
Plus d'un casque apparaît, passe, repasse et luit.

XXXIII

C'est là que le sang-froid, lui seul, rend téméraire
Le courage inspiré, calculant ses moyens
Rapides, pour monter à l'assaut et soustraire,
A l'élément terrible, aux yeux des citoyens,
Femmes, enfans, vieillards qu'il faut d'abord extraire
Des endroits rapprochés, étages mitoyens,
Où la langue du feu monte, sinistre, éclaire,
Et cherche à se frayer des vols aériens.

*
* *

— O Bonheur ! aux applaudissements de la foule,
Faisant la chaîne, émue, excitée en sa houle,
On entend s'écrier : « Vivent les vrais soldats!
— Les voyez-vous descendre, à travers flamme et braise,
Par l'échelle, descendre, a porter dans leurs bras,
Ces malheureux qu'ils ont ravis à la fournaise !

XXXIV

— Oui, c'est en cette note, ou drame flamboyant,
Que, Detaille a classé les plus hauts héroïsmes !
Son noble cœur ému, sensible, clairvoyant,
A pris le premier rang des tristes cataclysmes,
Sans décliner le genre et le plus effrayant
Devant exciter les plus beaux prosélytismes !
Noble enfant de Paris, il ne trouve attrayant
Que le péril, la mort, les grands patriotismes !
Ainsi que Géricault bravant les éléments,
Sauveteur généreux, à leurs débordements,
Au sinistre naufrage, à l'horrible incendie (1),
La palette résiste, il lutte, vigoureux,
Et place l'épopée, au sommet valeureux
Du devoir, de la mort, l'humaine tragédie !

(1) Nous ne pouvions trop féliciter cet éminent artiste
d'être entré avec « les *Victimes du devoir* », dans le drame humanitaire qui, selon nous, est la voie la plus large
et la plus haute de l'épopée.

PUVIS DE CHAVANNES (Pierre)

XXXV

Nous ne pouvions choisir un plus profond penseur,
Puissant tempérament d'époques grandioses,
Qui se sentit si bien né pour les grandes choses,
Que je puis l'affirmer : il est le précurseur
De la plus large voie, où les apothéoses,
Les grands faits, s'élevant, aux plus intenses doses,
La philosophie avec l'histoire sa sœur,
Mettront l'art français à sa suprême hauteur !

*
* *

Et, n'allez pas taxer de flatteuse d'idole,
Ma très sincère Muse, en ses naïfs aveux,
Car, tout en affirmant ce vrai maître d'école,
Elle ne taira pas ses lacunes, ses vœux ;
Toutefois, sans dresser de pédant protocole
De vieux cliché banal, conseils prétentieux.

XXXVI

« Tel, je vis le début de l'artiste de race,
Tel, j'en conclus un fait maintes fois confirmé :
« Qu'un auteur sérieux, toujours dans sa préface,
Ou, dans son œuvre entier, s'est souvent conformé
Aux qualités du fond dont il laissa la trace
Du premier jet d'élan dont il fut imprimé.
Souvent le souvenir revient à la surface,
Évoquant le grand goût personnel ranimé.

*
* *

— « Il peignit tout d'abord et « la *Paix* et « la *Guerre* »
Comme antithèse de son puissant caractère
Voué tout d'une pièce, au pacifique amour,
Et qui, doux philosophe, adorait la lumière,
Le progrès, la science aussi purs que le jour,

XXXVII

Double chef-d'œuvre, et le premier de cet artiste,
Il donna la mesure, et complète du coup...
Et moi, pauvre trouvère, en l'âme déjà triste,
Du contraste saignant, je reçus tout-à-coup
Une commotion qui vint, à l'improviste,
Me frapper au cœur d'un violent contre-coup.

. . . .

— Depuis, que de chefs-d'œuvre on vit grossir la liste ?
— Prosaïque serait de répondre : « oh ! beaucoup ! »

*
* *

Il vaut mieux en citer, en leur nomenclature,
Dignes d'immortaliser sa grande peinture :
« Tels que le « Pinde, ou Bois, aux muses consacré »
Où dansaient les neuf sœurs et, sous l'archet sacré
D'Apollon le savant maître de la nature,
Dont les arts entouraient la divine figure !

XXXVIII

Pour procéder par ordre en tout vieux souvenir,
Reparlons du début: « de la *paix* », · de la *guerre* »
Tableaux que je revois, et comme si naguère
J'étais encor frappé de leur large avenir.
C'était au vernissage, et l'on ne songeait guère
Alors à la réclame et mode de vernir.
Loin de là, cet artiste, et fébrile et sévère
Sur son œuvre, inquiet, eût voulu revenir...

*
* *

Il allait et venait, confiant à son âme,
Ou, sans doute, à sa chère Egérie, à sa sœur,
Le bien-aimé conseil, tendre écho de son cœur,
Bref, une amie, une parente, noble femme !
Il lui disait : « J'ai peur pour mes pauvres enfants,
— « Pourquoi répondait-elle, ils seront triomphants ! »

XXXIX

— « Tu crois ? reparlait-il. Eh bien, j'ai confiance,
Car, tu l'as vu : j'ai mis toute ma conscience-;
Et, si je réussis, oui, sœur, c'est grâce à toi,
Qu'en mes sujets, j'ai mis les trésors de ma foi ! »
Tu le sais, la peinture est pour moi, la science,
L'image trop réelle offrant l'expérience
Du crime et des vertus, la justice et la loi.
Les leçons de mon art seront de bon aloi.

*
* *

— Mais je n'ai point assez forcé la violence ;
Ma désolation manque de véhémence,
Et mes groupes vaincus, et groupes criminels
Ne hurlent point assez en désespoirs cruels ; »
— « Ami » détrompe-toi, l'horreur qui se déchaîne
Peint bien tous les fléaux, et la guerre et sa haine !

XL

— Rassure-toi ! ton contraste est des plus heureux,
« Ta paix », c'est le bonheur, la joie et l'abondance !
— Quelle preuve de plus ? un public très nombreux
Ne sait auxquels des deux donner la préférence ? »
Modeste, il s'éloignait... — Des groupes chaleureux,
Sans se mêler aux critiques aventureux,
Elle lui rapportait sa chère confidence :
Le succès grandissant donnait la confiance...

*
* *

— Oui, sans toi, chère sœur, de mon apostolat,
Je n'aurais pas la foi de si longue étendue.
Si ta bonté n'était complètement tendue
Au but de mes efforts et de mon beau mandat.
— Courage ! grâce à toi, plus je vais, plus j'espère,
Oui, nous ferons honneur à nos chers père et mère ! »

XLI

En cet ordre moral déjà depuis dix ans,
Le peintre avait grandi, dans cette voie active,
En progrès remarqués et toujours ascendants
De sa grande peinture, à lui décorative,
Où le public voyait les superbes élans
De son art spécial, dont la prérogative
Le faisait distinguer par ses tableaux géants
Dont on aimait surtout l'air et la perspective.
Tout-à-coup, dans les arts survient un incident,
Un conflit dégénérant presqu'en accident ;
Bref, une scission tout d'abord malheureuse
(1) Dont Meissonnier s'était fait le porte drapeau,
Se séparant d'avec le Maître Bouguereau,
Séparation qui fut, pour un temps, heureuse.

XLII

Les libéraux aimant le grand, le colossal,
A l'encontre de Meissonnier pour ses batailles,
On eût pu croire aussi, par jeu paradoxal,
Qu'un maître de la fresque et des grandes murailles,
Venait par ironie, ou sarcasme brutal,
Montrer que le génie est de toutes les tailles ;
Mais on devait penser que, par décret fatal,
(2) Meissonnier s'éteignant, après ses funérailles,
Puvis de Chavannes deviendrait président.

*
* *

Le lendemain, le fait prévu, presqu'évident,
Le grand maître put donc, avec ses congénères,
Gagner l'espace et les libertés nécessaires,
Et la plupart des plus convaincus dissidents
Préféraient leurs moyens nouveaux, aux précédents.

(1) Grâce à l'ingénieur M. Alphand, les longues salles du Champ-de-Mars (anciennes galeries de l'Exposition Universelle), donnèrent à Puvis de Chavannes, Roll, Dubufe, Lerolle etc. d'avantageux reculs pour juger leurs effets lointains.

(2) Après son coup d'Etat hasardeux, ce maître s'étant fortement surmené ne put survivre à son excès de fatigue.

XLIII

Dans son art lumineux, vraiment panoramique,
Il mesura la clarté d'air atmosphérique
Ambiant à donner aux aspects, aux effets.
— Du cygne de Mantoue adorant les sujets,
Tous les s ens se plaisaient dans l'air pur géorgique,
Où Virgile et sa muse, avec de beaux reflets,
Souriaient en leur joie et leur forme rythmique,
Plus libre que Poussin et moins académique.

*
* *

Mais parlons au présent : tout est si lumineux
Qu'en ses panoramas, les groupes, les figures,
S'agencent dans leurs plans, leur vie et leurs tournures,
Mais sans accents pleins de vigueur, ni ténébreux.

XLIV

Car notez que pour sa condition première,
Il ne voulait que l'art assez riche en lumière ;
Puisque Rubens était le prince de l'éclat,
Titien n'était pas moins le vrai roi protentat ;
Du reste, son vrai goût, sa précise manière
Désirant la clarté, très fidèle imagère,
Rendait la nature en son très sincère état,
But de son art d'optique et d'heureux résultat,

*
* *

Ainsi, se conformant à la lumière, ou l'ombre,
A la première il offrait l'éclat souverain,
Il trouvait le moyen aussi d'éclairer l'ombre
Naturelle à tout monument contemporain,
On pouvait lire ainsi couramment en son œuvre,
Et jusqu'aux passions faisant vivre un chef-d'œuvre !

XLV

L'élève des Thomas Couture, Ary Scheffer
N'avait pas prévu, qu'en sa carrière adoptive,
Et pour traiter la peinture décorative,
Il fallait tout d'abord, apprendre à bien greffer
Le ton presque parent, la note affirmative
De l'unité locale et presque l'insuffler
Sur sa palette, en sa parenté conjonctive,
Afin de vivre d'air et ne point étouffer.

*
* *

Scheffer l'élégiaque, et Juvénal Couture
Ne pouvaient enseigner cette grande peinture,
Où, le ton de la chaux et du ciment romain,
Condamne quelquefois la lourdeur de la main
A s'écarter des tons de l'ocre et de la pierre
Et l'art veut l'harmonie et l'unité première !

XLVI

Puvis l'avait compris, et, dans son intellect,
Il conformait déjà son effet, son aspect,
Au calme heureux de la clarté, de l'harmonie ;
Car, aux Vénitiens, Romains, son vrai génie
S'assimilait, avec l'intelligent respect
Qu'il devait, en son sens, très honnête et correct,
Aux maîtres, dont il put et, sans monotonie,
Ni plagiat, trouver la docte symphonie.

*
* *

Dans la hiérarchie, au savoir, au grand art,
Il se classe, premier, même avant Chenavard (1),
Congénère de Buonaroti Michel-Ange,
(Signalons, en passant, ô privilège étrange !)
Que le Rhône fournit, ô climat souverain !
Les Chenavard, Puvis de Chavannes, Flandrin !

(1) Dès la révolution de Février 1848, Le grand Lyonnais Chenavard avait l'espoir de la commande de la décoration entière du Panthéon, mais il fut décidé, au Ministère, que la commande serait divisée entre plusieurs artistes, et chose prédestinée, quelques années plus tard, P. de Ch. en obtenait sa part : « Saint-Germain prédisant les hautes destinées de Sainte Geneviève ! »

XLVII

Allant droit à son but, philosophe et poète,
Le grand artiste sut donner à sa palette
Les plus nobles devoirs de haute mission ;
La morale, en son âme, à son admission,
Eut la plus belle place et la vertu complète
Trempa son caractère. En son ambition,
Il sentit se dresser tout-à-coup, en sa tête,
Tout un généreux plan de large instruction.

* *

Il fit spontanément, en la grande peinture,
Une école puisant, à toute source pure,
Devant régénérer les faibles nations,
Par les enseignements, les éducations,
De son grand art offrant l'attrait de son image,
Pour mieux civiliser les peuples de leur âge.

XLVIII

(1) LUDUS PRO PATRIA

Educateur du peuple, il ne se trompait pas,
En montrant qu'il fallait avec idolâtrie,
Jusqu'à la mort, aimer sa mère, sa patrie,
Que, si les conquérants, avides de combats,
De carnage, venaient tenter, avec furie,
L'avide invasion, il fallait, de nos bras,
Faire un rempart de chair contre toute tuerie,
Repousser, et tuer voleurs, et scélérats !

* *

Mais, pour mieux nous tenir prêts sur la défensive,
Et prévenir toute criminelle offensive,
Il est bon d'occuper, tous les jours, dans la paix,
Nos corps à l'exercice, afin, comme naguère,
De n'être point surpris par une lâche guerre,
Mais, par la mort, leur faire expier leurs forfaits !

(1) Ce jeu pour la patrie, est une allégorie en progrès
succédant à l'âge de pierre. On ne pouvait guère se passer de lui donner l'accent de l'actualité.

XLIX

Figures symboliques, pour la bibliothèque de Boston

Or, dans le but divin, l'âme décentralise
Tout ce qui doit germer au noble cœur humain ;
— Puissance de l'amour, son fluide électrise
L'ignorance d'hier, mais science, demain !
Privilège éclatant de réelle maîtrise,
L'œuvre née à Paris, en triomphe certain,
Aux quatre vents du monde, au souffle de la brise
Sous l'hélice, ou la voile, ou la vapeur du train ;
— Les Muses, dans leur inspiration première,
Vont t'acclamer, Génie ! Amant de la lumière,
Rayonnant à la bibliothèque, à Boston !
Dans leur chaste blancheur, au si radieux ton,
Les neuf pudiques sœurs, en pleine conscience !
T'inaugurent, beau monument de la Science !

L

I. **Plafond** : Victor Hugo offrant sa lyre à la Ville de
Paris.— II **4 Voussures** : 1. Patriotisme ; 2. Cha-
rité ; 3. Ardeur artistique ; 4. Foyer intellectuel. — III.
Six timpans : 1. Esprit ; 2. Fantaisie ; 3. Beauté ; 4.
Intrépidité ; 5. Culte du Souvenir ; 6. Urbanité.

Après l'apothéose et le suprême honneur,
Hugo reconnaissant, à sa chère Lutèce,
Offre sa lyre, et, cette immortelle Déesse
Du génie et des arts, à l'hommage flatteur
Du grand Maître est émue, éprouve dans son cœur
Une joie indicible, et véritable ivresse,
Dont l'orgueil l'a séduit, et le prix l'intéresse,
Le recevant du plus grand poète vainqueur.

* *

Aussi l'Hôtel de Ville est-il en pleine fête,
Le Patriotisme et la tendre Charité,
L'art et l'Intelligence, en voyant le poète
Accueilli par tant d'auguste hospitalité,
Qu'il s'élève aussitôt comme une symphonie
En l'honneur de Victor-Hugo le grand génie !

LI

ODES

Fatigué du travail attrayant de ses nuits,
Alors que le Trouvère, à ses tranquilles veilles,
S'appliquait à traduire, à travers les merveilles,
Celles qui le frappaient par l'éclat de leurs bruits,
Quand le succès vantait leur juste renommée ;
Tout-à-coup, en cherchant, à l'heure accoutumée,
Celle où l'on croit trouver une inspiration,
Le trouvère, accablé sous l'aspiration,
Fléchit, céda sous le poids de la somnolence.
Sa tête, s'appuyant sur ses coudes croisés,
Sur la table, au milieu du plus profond silence,
Semblait méditer sur les feuillets composés,
Epars, mais, attendant leur suite dans le vide.
Car, en vérité, l'on pouvait croire lucide,
Ce sommeil paraissant parfois très agité,
Et répondant à de très hautes influences ;
Estimant son devoir et sa rigidité,
Comme utile gardien de toutes confidences ;
C'est pourquoi médium ; il était plus qu'admis
En audience intime, en conseils des amis,
Traitant de politique, et d'art et de science,
Sachant qu'il méritait toute leur confiance.

*
* *

Or, il souffrait vraiment ainsi d'être éloigné
De cet évènement, cette fête si belle,
Dout la sélection, doublement immortelle,
Formait surtout pour l'art un groupe très soigné,
Dont le peintre Puvis, en historiographe,
Par l'art décoratif était grand photographe.

*
* *

Ce qui diminuait cependant le chagrin
Du Trouvère, c'était son pouvoir souverain
D'offrir par pur devoir une oreille attentive
Aux formules de tous les grands arts que cultive
Ce triple, indissoluble et corps savant congrès
Se devant au soleil éternel du progrès,
Aussi, quand les cités dorment comme les mondes,
Les élus, comme Hugo, en lumières fécondes,
Descendent des sommets, pour venir, ici-bas,
Encourager les héros qui tendent leurs bras
S'élançant au soleil de la triple puissance,
La poésie et l'art, la divine science !
Et lorsqu'Hugo donna l'hommage de son cœur,
Soudain on entendit un harmonieux chœur
En sourdine chanter, aux cordes de la Lyre
La mission de l'art, dans le plus beau délire !

LA MISSION DE L'ARTISTE

Courage ! artiste, à l'œuvre, à l'œuvre,
Ouvrier, apprenti, manœuvre,
Toujours l'instrument à la main !
Gloire au vaillant ! Mais honte au lâche !
Petit ou grand, point de relâche
Pour éclairer le genre humain !
— Qu'importe que le front pâlisse
Pourvu que veiller l'élargisse ?
S'il se fait chauve au dur labeur,
J'aime à voir sa peau saturée
D'une ride prématurée,
Où, bourgeonne l'idée en fleur.
Qu'importe si la destinée
A hâté la fatale année
Où meurt le marin sous les flots ;
— N'a-t-il pas aidé l'équipage,
— N'a-t-il pas le précieux gage
Du tendre amour des matelots ?
Oh ! pour quiconque, ici-bas, pense,
La vie est un devoir immense ;
Notre tribut à tous est lourd,
Artiste, savant, ou poète,

Aucun, pour acquitter sa dette,
Ne doit être oublieux, ni sourd.
— Et vous, dont l'âme est souvent triste,
Consolez-vous, mon noble artiste,
Suivez la sainte mission
Que vous avez, nouveau Moïse,
De frayer la route promise
Au nouveau peuple de Sion.
Vous serez toujours son étoile,
Soit avec le marbre ou la toile,
Avec l'équerre ou le compas.
Guidé par votre âme bénie ;
Sur les traces du pur génie
Il voudra diriger ses pas !
— Respect, amour pour cette foule,
En suivant son torrent qui roule,
Réglez son cours audacieux ;
Sur les simples, l'âme choisie
Doit répandre sa poésie
Pour les mortels quittant les cieux,
Espoir en Dieu ! jamais de doute,
Poursuivez votre noble route,
Portez la lumière en tout lieux ;
L'intelligence vers son pôle,
Vous suivra, céleste boussole,
En se tournant toujours vers Dieu !

L'ÉPODE

— Oui, grand Maître, après tes formules,
J'ai voulu, des braves émules,
Stimuler les vaillants efforts ;
Et, j'ai choisi, parmi les forts,
Les vrais héros de la nature
Qui dirigent la créature,
En élevant l'humanité,
Aux vœux de la Divinité :

*
* *

J'ai donc, en pleines consciences,
Suivi les règles des sciences,
De toutes vertus et devoirs
Basés sur les brillants savoirs,
Procédant par la poésie
Et tout le grand art créateur,
J'ai pu, par l'élite choisie,
Rendre l'homme investigateur ;
En l'éclairant, en toutes choses,
Lui donner, des plus grandioses,
Le noble amour de l'idéal.

*
* *

En outre, par l'hiérarchie,
En combattant toute anarchie,
On pourrait, en un grand faisceau,
Réunir toutes forces vives
Que divise et rend négatives
L'autorité neutre et, sans sceau,
Cachet puissant de la maîtrise,
Qui, des grands arts, en général,
Centralise l'effet moral,
Et, sans lequel rien n'électrise.

*
* *

Oui, Maître, je veux l'unité
Et la tendre fraternité
De tous les arts, en leur puissance,
Afin qu'en commune naissance,
Grandissent, jumeaux, les progrès ;
Et qu'aux jours mêmes des congrès,
Le plus haut niveau d'esthétique
Se mêle au courant poétique...
Car, de là dépend le succès,
Et l'on ne doit donner d'accès
Qu'à l'idéalité divine,
Pour qu'à la fin, l'homme devine,
Qu'au delà de tous ses concours,
Son stage, ici-bas, suit son cours
Vers l'heureuse métamorphose
Qui nous dépouille et recompose,
En purs esprits, tous les grands cœurs,
Que récompense, ainsi, vainqueurs,
Cette éternelle flamme active
De l'âme dévouée et vive
En l'amour de l'humanité.

*
* *

— Et remarquez, quand l'heure approche,
Où l'oublié, mais sans reproche,
Vient au devoir, sans vanité,
Sans griefs et sans amertume,
Mais l'œil rayonnant qui s'allume
Au feu sacré du dévoûment,
— Remarquez-bien la voix fidèle
De l'âme, en double embrasement,
Vers le bien réchauffer le zèle
Des magnanimes promoteurs !
C'est alors, avec gratitude,
Qu'on est fier d'aborder l'étude
Des plus grands civilisateurs !

*
* *

CONCOURS UNIVERSEL DE GRAND ART

— Vive donc au grand art d'élite,
L'entraînement cosmopolite,
Qu'inscrit pour devise au drapeau
La France, en son amour du Beau !

*
* *

Mais premier avis nécessaire :
« — A-bas le *sujet* : « *de la guerre* ! »
Il ne doit pas être traité ;
Mais, comme indigne, maltraité.
— Défense à ce voisin sinistre,
Qu'il soit potentat, ou ministre,
D'oser chez nous se présenter !
Car, on ne peut que suspecter
Le guerrier rempli d'arrogance
Opprobre de toute alliance ;
Nous, qui voulons l'instruction
Conjointe à l'éducation,
Pour les nations policées.
Du reste, voici bien tracées
Les grandes règles des concours
Dont nos amis suivront les cours :

*
* *

Les cinq arts : *sculpture* et *peinture*, (1)
La *musique* et *l'architecture*,
La poésie, elle ! surtout
Savante maîtresse du goût !
Si nous la nommons la dernière,
C'est tout exprès, car, la première,
La poésie a sur son front
Tous les préceptes que liront
Ses quatre sœurs vraiment savantes,
En noble ambition, vivantes,
Sachant que la source du beau,
Pour les merveilles de la vue,

(1) « De la journée de grand art. »

L'inspiration du tableau,
La vie au groupe, à la statue,
Le style et l'âme au monument,
Et l'harmonie à l'instrument,
Oui, ses sœurs, modestes, fidèles
Savent bien que tous les modèles
Du vrai beau ne sont qu'à leur sœur.
Règnent en son âme, en son cœur !

*
* *

— Oui, Calliope, dans l'Antique,
Non seulement du règne épique,
Possède la création.
Mais offre l'admiration
Des genres et styles sévères
Donnant les plus grands caractères,
Grâce au privilège éternel
De son beau rythme personnel !

*
* *

Empire de sa poésie,
Le rythme est son sceptre puissant,
Sans lequel s'énerve, impuissant,
L'art frappé de paralysie.
— Oh maître d'algèbre absolu !
Comme un problème résolu,
Sans le rythme, adieu ton chef-d'œuvre !
Mais, tout inspiré de son œuvre,
Sent bien, en son cœur généreux,
Qu'il porte les fruits savoureux
De l'inspiration féconde,
Que tu dardes, Reine du Monde,
O Poésie, à tes élus !
— Et voici les grands jours venus
Du ralliement et du prélude
De cette universelle étude !

*
* *

UNE JOURNÉE DE GRAND ART

Le canon de la Tour Eiffel
A tonné le premier appel
De l'art coreligionnaire (1)
Dont la France inaugure l'ère,
Car noble entraînement moral,
Bien plus qu'international,
C'est l'espoir de s'aimer, en frères,
Qu'échanger bonheurs et misères
Sur la planète de malheur ;
— Bien mieux ! C'est être créateur ! »
C'est vaquer à l'œuvre divine...
Chacun doit être conséquent
Avec soi-même, et l'on devine,
Devant le spectacle éclatant
Que Paris produit sur la sphère,
Au Trocadéro, dans ce jour,
L'attraction vive d'amour
Que le ciel produit sur la terre !

*
* *

Au troisième coup de canon,
On fit silence à chaque nom,
Pour laisser la parole à l'heure ;
Puis, à la sixième qu'effleure
Un simple et doux frémissement
Dans l'enceinte du monument,
Où l'orateur, sobre, en paroles ;
Notamment de très brefs statuts ;
Et ; comme en tous les instituts ;
Un autre délégué se lève,
Qui, chargé d'un mot important,
Sans viser la forme de rêve,
Vise surtout, à bout portant,
Tous les convoqués du voyage.
Et ce rapporteur du message,
Non sans flegme mystérieux,

(1) Il n'est nullement question d'autre religion ici, que
celle du goût — et de l'art exclusivement.

Fixe les oreilles, les yeux,
Dans un religieux silence,
Sur le concours de l'éloquence :
— « Le grand institut entendu,
« Sur l'avis général rendu :
« Sujet unique, une parole,
« Qualité, sentiment, symbole,
« An nom de notre humanité,
« Nous donnons au concours en France :
« Ce sujet : « *La Maternité* ! »

. . . .

*
* *

Sur ce mot auguste et charmant,
S'élève, en plein bouillonnement,
Un enthousiasme sincère,
Chaque grand art rempli d'amour,
Exulte et demande à sa mère
Avec les candeurs de l'enfant :
— « Toi, seule base de mon œuvre,
Car, c'est pour toi, que, triomphant,
Je veux accomplir un chef-d'œuvre ! »

*
* *

Cri du cœur à peu près commun,
Parcourant les intimes phases,
Sans orgueils, comme sans emphases,
Il est avéré que chacun,
Transfiguré, grandit, espère,
En songeant à l'ange, à sa mère !
Et le soleil levant si beau
Allume, au radieux plateau,
Le vaste hémicycle aux colonnes (1)
Où, les cinq groupes de chercheurs,
(A la conquête des couronnes)
Obtiennent, ardents défricheurs,

(1) Qui n'a admiré cette façade du monument du Trocadéro, de sa hauteur, dominant les Invalides et le Panthéon lointain ?

En leur travail si multitone,
Comme morale et vérité,
Une plus juste autorité... (1).
(Retard inique, on s'en étonne ?)

*
* *

Le Trocadéro, jusqu'au soir
Elève, comme un encensoir
D'amour, gratitude, espérance,
En honneur de l'Auguste France !
Car, en leurs loges, ces penseurs
Sont bien vraiment les précurseurs
Des grands progrès de la morale
Eclairant la voix sociale.
L'art créateur a bien compris
Qu'enfin justice, honneur oblige !
Et, comme toujours, c'est Paris
Qui propose, veut et dirige !
Il ne doute pas que, demain,
Le début de l'œuvre en chemin
Ne soit du plus heureux augure.

*
* *

Quoique séparés, presqu'unis,
Ces cinq groupes, bien définis,
Ont la moins semblable figure,
Surtout, la méditation
Variant tant l'expression !
Le grand Maître de l'atmosphère
N'a pas voulu que notre sphère
Abdiquât la variété,
Où, tout, dans la belle nature,
Soumis à la mobilité,
Joue avec vous, — caprice, allure !

*
* *

Aujourd'hui, contrastes divers :
D'abord, c'est la rigueur du vers,
La profondeur de la pensée.

(1) Droits de la mère.

— Auprès, doublement condensée,
La verve aimante, en son trop plein
Se sent des trésors dans le sein.
L'Alma parens et les Cybèles
A Dieu demandent des mamelles !
Plus loin, là-bas, des voix étranges,
Au timbre argentin de l'enfant,
Si douces qu'on dirait des anges,
Frayant en groupe réchauffant,
Et dans leurs blancs habits de lins,
Ressemblant à des orphelins,
Suivaient les ombreuses vallées
Montant la pente du côteau,
Pour gagner le nid du château
Dont elles s'étaient envolées.
— Est-ce une double, une unité,
Cette œuvre habile, archi-suave
Et dont le fond est tendre et grave,
Où plane la maternité,
Bien au-dessus de ces palombes,
Et ces virginales colombes ?

*
* *

Dans ce travail d'apostolat,
Où, chacun met son cœur, son âme,
L'apothéose du mandat
Décrète le plus pur dictame,
Aussi, demain, les cinq jurys,
Dès la première heure, en Paris,
Avec pouvoir autoritaire,
Suivront l'ordre réglementaire
De leur groupe particulier,
Et, par un goût très régulier,
Que la conscience révère,
Chaque juré devient sévère,
Avec d'autant plus de raison
Que l'immense comparaison
En matière d'œuvres plastiques,
Offre des ressources pratiques.

*
* *

— Honneur au mode impérieux
De rassembler les curieux
Autorisés par la science
A remonter, avec respect,
Aux lois divines dont l'aspect
Echappe aux masses ignorantes,
Et, dont les âmes clairvoyantes,
Dieu merci, sur des plans nouveaux,
Remettent, glorieux tableaux,
L'éternelle magnificence
Lois divines en évidence !

* *

Les jurés, artistes divers,
Sceptiques, voués aux revers,
De tout temps avaient un sourire
Dont l'amertume peut traduire
La robuste incrédulité ;
Mais devant la réalité
De ce début – grande tendance,
Sans paraître trop clairvoyants,
Y mettre une condescendance,
Etait possible à des croyants
Emerveillés de l'évidence.

* *

Après éliminations
Vraiment peu regrettables
De quantités très négligeables,
On n'eut aux expositions,
Pour ainsi dire improvisées,
En leurs cinq places divisées,
Que des ébauches, il est vrai,
Jaillissant du pur minerai
De ces mineurs dont le génie
Ne puise qu'en terre bénie !
Du reste, étaient seuls apparents
Les superbes grands arts plastiques
S'inclinant devant leurs parents
Maîtres des sources poétiques
Et musicales ; cependant,

Pour des esquisses, des maquettes,
Soit grandes toiles, ou plaquettes,
Le jet, l'élan surabondant
Se conformaient à la pensée,
Pendant douze heures dépensée,
Ou du moins l'artiste correct
Tâchait d'élever son aspect
Jusqu'à l'expression sincère
De son œuvre mise en lumière.

*
* *

Complète était la liberté
De la forme et de la tournure ;
Par son sentiment emporté,
Des palais, comme en la nature ;
En la basse-cour (1) aussi bien,
Tel inspiré ne voyait rien
De plus séduisant qu'une poule !
Car ainsi l'approuvait la foule,
Et, nous, reporter aussitôt,
Nous la copions, mot pour mot.

« LA POULE »

I

« L'œuf est pondu, poulette encore
« Pond un œuf blanc ; et tous les jours,
« Un œuf nouveau qui doit éclore,
« Naît sur la paille aux vrais amours,
« Voici déjà qu'une douzaine
« Se détache en blanc sur le nid ;
« Poulette couve, la semaine,
« Son doux travail par Dieu béni.
« Il ne craint pas, le volatile,
« La faim, ni la soif, ni la mort ;
« Il craint la belette subtile,

(1) Pensée de J.-J. Rousseau.

« Et jour et nuit, à peine il dort,
« Mais quel bonheur ! de la coquille
« La poule voit sortir chantant,
« Douze poussins, chère famille,
« Qui, près d'elle vont sautillant.
« — La voyez-vous, la bonne mère,
« Choyer tous ses petits enfants ?
« Grave maintien et crête fière,
« Elle marche à pas triomphants.
« Bien plus contente qu'une reine
« Trônant sur ses féaux sujets...
« Tout son souci, toute sa peine
« Planent sur ses jeunes poulets...
« — Malheur à qui cherche querelle
« A ses élèves pépiant !...
« Malheur au chien qui va près d'elle ;
« Il recevra son châtiment !
« Un lion, un tigre en furie
« Ne lui feraient pas même peur ;
« Son amour, son idolâtrie
« En font un héros de valeur.
« — A chaque instant de sa tendresse
« Brillent les transports généreux,
« Autour d'elle l'essaim se presse ;
« Près de la mère, il est heureux,
« Elle écarte ses chaudes ailes
« Pour abriter leurs petits corps ;
« Et, quand ils ferment leurs prunelles,
« Elle veille sur ses trésors : »

II

« Puisse ma poule être une image
« De l'ardente *Maternité*,
« Quand l'Europe, un jour libre et sage,
« Elèvera l'humanité ! »

« — Combien de sonnets et d'idylles,
« D'imaginations fertiles,
« Purent élever le concours !
« Et si, pour compléter le cours,
« On eut pu seulement entendre
« La note maternelle et tendre
« Où vit la composition,
« — Quel charme pour l'audition ! »

. . . .

*
* *

Il advint que la tentative
Réussit, en définitive,
A prouver que ce grand succès
Ouvrait et donnait vaste accès
Au vrai grand art missionnaire ;
Qu'au nouveau terme centenaire,
On était sûr, en vérité,
De sauver la sévérité
D'un brillant legs, un héritage
Faisant grand honneur à notre âge ;
— Il ne tient donc qu'à l'Institut
D'aller lui-même jusqu'au but
Incessant de son savant père,
Et, de son nom de Lakanal,
Elever le plus haut fanal
Du savoir et de la lumière.
— Et, savante intuition,
En ce jour digne de mémoire,
Chacun vit, pour la nation
Un nouveau baptême de Gloire !

MISCELLANÉES

Nota (1). — Ce document décennal rétrospectif nous semble évoquer, à bon droit, sa place, à la suite des quelques œuvres ou sonnets des Salons de 1895.

(1) INTERFACE OU DIGRESSION

I

Les auteurs, d'habitude, écrivent leur préface
Ou leur post-face en tête, aussi bien qu'à la fin,
Sans se préoccuper de l'une de l'autre face
Plus ou moins belle ; alors ! sans prétendre être fin,
Outrecuidant, grotesque, et même ridicule,
Je m'arroge le droit d'interface au milieu !

Notez même, en passant, qu'encor je ne recule
Devant néologisme, ou question de lieu !

Et qu'importe après tout ? Car, sans être à confesse,
J'ai mes raisons pour vous expliquer, sans façons,
Qu'en art, en politique, avant tout, je professe
Ma chère autonomie, évitant les leçons
De tel ou tel pédant, maître en fourches caudines,
Procuste vous dictant les rigoureuses lois
Du greffier Despréaux, aux sanglantes badines
Ou verges cinglant le réfractaire autrefois

Ah ! ce n'est pas en vain que la libre-pensée
Se fait obligatoire, à tout homme de bien !
Car, que de tyrannie absurde dépensée
Pour lui river sa chaîne et n'aboutir à rien !
— Demandez donc à ces geôliers des consciences,
S'ils espèrent toujours forger de nouveaux freins
Aux penseurs, écrivains et docteurs ès sciences,
Leur mettre la menotte, et camisole aux reins ?

*
* *

Après avoir surtout lié leurs bras, leurs jambes,
Et leur avoir fermé les lobes du cerveau,
Qu'ils bougent maintenant ! Eux qui, naguère ingambes,
Erraient dans la campagne, et près du clair ruisseau,
A son gazouillement, sa plainte, son murmure,
Lisaient dans son miroir les mystères du ciel,
Et demandaient à Pan, maître de la nature,
Le talent de l'abeille à composer son miel.

*
* *

Cet été, je revis jouer l'éternel drame,
Quotidien chez l'homme et le règne animal :
Une mouche dorée était prise en la trame
D'un insecte hideux, le vrai type du mal.
La mouche s'empêtra, bourdonna... L'araignée
Accourut sur sa proie et, par ligotement,
N'en fit plus qu'un cadavre, après l'avoir saignée.
. . . .
— « La bipède araignée agit-elle autrement ?
. . . .

*
* *

— A quoi bon répéter l'image du reptile
Que l'Ecriture appelle un être très prudent ?
Parce qu'il est sans doute un passé maître habile
A ramper, fasciner et mordre à belle dent
Celui qu'il magnétise et tient comme en extase,
Surtout qu'il empoisonne. Aussi, dans son chemin,
Lorsque l'on en rencontre, il faut qu'on les écrase,
Sans quoi l'on peut mourir de leur plus noir venin !

II

— Lecteur persévérant, si tu veux bien me suivre
Dans ces huit derniers chants d'usage consacrés,
Mon devoir me prescrit, avant que de poursuivre,
De défendre, à tes yeux, mes droits les plus sacrés :
D'abord la liberté ! Ce premier qui résume
Les licences sans nombre, ou filles de son cœur
Que sans gêne j'invite, au cours de ce volume,
A venir s'ébaudir et danser même en chœur.

*
* *

Telle est ma naturelle et franche poétique,
Ignorant la contrainte, et sans prétention
De s'astreindre à bâiller au dortoir didactique
Des cuistres commandant, réglant l'attention !
— Après tout, qu'ont-ils fait ces médiocres eunuques,
Bien moins que des lapins depuis longtemps vidés,
Et dont la vanité, l'orgueil gonflent les nuques,
En les faisant trôner, dans leurs solennités ?

*
* *

Avec eux point d'écart, d'école buissonnière !
Tout doit être aligné, tracé par le cordeau ;
Si vous en déviez, gare ! L'étrivière
Vous condamne à rentrer sous le commun niveau.
Leur art pour idéal n'a que la rectitude,
L'archi-connu, fuyant tout extrême excessif
Qui pourrait déranger l'immuable attitude
De leur chef convenu cliché comme un poncif.

*
* *

Si bien qu'il en résulte une lente agonie
Vous détendant le muscle et vous figeant le sang ;
Votre cœur froid s'endort dans la monotonie.

. . . .

Et pourtant, on la vit toujours au premier rang ;
Cette Ecole du soin, traitant la poésie
En formule d'algèbre ! Aussi, ses professeurs
Ont laissé se geler la source Castalie
Dont la glace exila trop longtemps les neuf Sœurs !

III

Dieu merci, le dégel de la fontaine pure
Qu'Ingres le Grand hâta de sa forme, au compas,
En idéalisant la plus belle nature,
Avec le feu sacré du divin Phidias ;
Ce dégel est venu rendre les eaux limpides
Dont les lames d'argent tombent des rocs mousseux,
Et l'on peut voir encor les blanches Castalides
Exposer leurs beaux corps au jury des grands dieux !

*
* *

Seulement, le Parnasse a changé de royaume,
La Phocide a fait place à la France ; aujourd'hui,
Avec Ingres, Pradier, sont venus les Guillaume.
Les Mercié, les Chapu. — Sur la sculpture a lui
Les soleil de l'Attique, et l'art, dans son domaine
Et ses vastes États, s'élève, s'agrandit :
Des Myron, Polyctète et du pur Cléomène,
La forme aux ailes d'or en planant resplendit.

*
* *

Puis, elle vient poser sur la riche peinture
Où les maîtres, avec leurs délicats pinceaux,
La transportent souvent dans la littérature
Pour en faire jaillir de superbes tableaux,
Car la couleur leur donne une double magie,
Avec l'éclat du prisme et ses tons chatoyants ;
Peintres, littérateurs, dans leur âme élargie,
Vont ravir du soleil les rayons éclatants

*
* *

Aussi, l'on peut montrer, sous la même auréole,
Les Delacroix, Hugo, Lamartine et Musset,
Dont le génie altier habite l'alvéole
Du cerveau créateur d'où sortent les Millet,
Chenavard et Couture, et la moderne École
Où les maîtres nouveaux abondent par surcroît,
Chacun donnant sa note et se faisant un rôle
Selon son aptitude, et son âme et son droit.

IV

S'il fallait les nommer, ces vrais apôtres libres
Du grand art déployant les plis de son drapeau
Sur ces chercheurs qui font vibrer l'âme et ses fibres,
Fouillent les passions et cultivent le beau,
On n'en finirait pas, il faudrait un grand livre
Pour la pléiade, mais bornons-nous à citer
Les maîtres dont les noms consacrés doivent vivre,
Tant qu'un souffle en leur œuvre aura droit d'exister.

*
* *

— Mettons donc sur-le-champ et les premiers en ligne :
Boulanger (1), Cabanel, Baudry, Léon Bonnat
Rivalisant à qui d'entre eux est le plus digne
D'élever le niveau de l'art, de son éclat !
— Viennent après : Constant (2), Clairin et Rochegrosse,
Gervex, Roll, et Duez, peintres remplis d'ardeur,
De verve et de génie !. . . . .
. . . . — Elle serait trop grosse
Cette nomenclature ou liste de l'honneur !

*
* *

Tous ces tempéraments divers de la peinture,
Dans n'importe quel arts, ont de réels pendants.
Ils sont aussi communs dans la littérature ;
Et la plus longue vie est aux indépendants !
— Tant il est vrai que l'homme est d'essence divine,
Surtout celui qui crée, étant de droit, premier ;
Son souffle créateur révélant l'origine
De ce fils exilé du céleste foyer !

(1) Gustave Boulanger, membre de l'Institut.
(2) Benjamin Constant.

V

— Savez-vous que l'on doit bénir cette anarchie,
Signe heureux du génie et du tempérament
Personnel ayant peur de toute oligarchie !
C'est un bienfait du siècle ; il prouve assurément
Que l'art suit le niveau juste, intellectuel,
Qu'offre un peuple selon la mesure et la dose
Que vient confirmer le suffrage universel !
Mais Gambettade oblige : il nous faut autre chose !

*
* *

Il faut — et mon héros le demande à grands cris,
Que toute égalité devant la loi se fasse ;
Il faut qu'en profondeur, on sache les esprits
Grandissant tout autant qu'ils le font en surface.
Et si Musset a dit : — « Que m'importe, après tout,
Que mon siècle se trompe ? » eh bien ! ce sacrilège
M'afflige et je m'écrie : « Il m'importe beaucoup
Qu'il évite l'erreur et son séduisant piège !

*
* *

— « Pourquoi, chantre des nuits, as-tu laissé le flot
De la désespérance inonder ta pauvre âme ?
A partir de ce jour, le glas de ton sanglot
Dut retenir au cœur de la célèbre dame.
Quand je te vis plus tard miné par le malheur
Chez l'autre illustre muse et splendide Delphine,
Ton œil s'était tari dans la sombre douleur
Que venait d'épancher ta lettre à Lamartine.

*
* *

Ah ! j'en souffrais pour ton génie et ton talent,
Pour ta plume ravie à l'aile des beaux anges !

. . . .

Sous ton regard éteint, couvait encor latent,
Le feu du ciel lançant quelques lueurs étranges !

— Quoi ! se peut-il ? pensais-je, Amour ! filtre divin !
Pourquoi l'abreuvais-tu de ta liqueur traîtresse ?

De quelle cantaride as-tu troublé le vin
Des voluptés de son oublieuse maîtresse ?

*
* *

Ivre mort, tu tombas sous son lâche abandon,
Puis dégrisé, meurtri, saignant, contre l'infâme,
De ta strophe immortelle allumant le brandon,
Comme un autodafé tu brûlas cette femme !...

. . . .

— C'est mal ! tu fus ingrat, en punissant ses torts,
Tu livras la coupable ; et ta lyre indiscrète
Commit, en trahissant le mystère des forts,
Une basse action indigne d'un poète....

*
* *

— Paix à vous deux ! L'amour, trompeur, malicieux,
D'une double méprise abusant votre sexe,
N'avait que rapproché les sens capricieux ;
Mais un double génie en vous était complexe :
Elle était l'avenir ! — Toi, l'homme du passé.
Epave sensuelle, et volupté sceptique
De la régence et d'un vieux monde trépassé,
Tu reçus dans ta veine un virus érotique !

*
* *

Personnel onanisme, aimer, vivre et jouir
Etait l'objectif de ton aristocratie ;
Mais tu ne voyais pas déjà s'épanouir
Le grand monde nouveau de la démocratie.
Elle ! comme toi noble, ayant du maréchal
De Saxe un sang mêlé de sang de prolétaire,
Dans son génie altier avait un idéal
Plus large que le tien et plus humanitaire !

*
* *

Comme Victor-Hugo grand semeur du progrès,
Elle jetait aussi sa semence féconde,
Et la néochrétienne, ainsi que Lamennais,
Commentait l'évangile aux fils du nouveau monde.
— Aussi, maître sublime et poète amoureux,

Pareil à Giliat, dans ta sombre élégie,
Tu devais t'abîmer, et mourir malheureux,
Noyant ton vrai talent en une ignoble orgie !

*
* *

Tandis qu'elle, plus forte, en son sublime essor,
Du grand quatre-vingt-neuf suivait la pure ligne,
Et de son décalogue, au sommet du Thabor,
Au peuple souverain prouvait qu'il était digne.
Car l'auteur de Mauprat, des révolutions
Et des sociétés s'écroulant sur leurs bases,
Ainsi que Gambetta savait, des fusions,
Diriger le grand cours et dessiner les phases !

*
* *

Mais sans trop m'écarter de mon sujet précis,
Lecteur, pour qui j'écris un aussi long poème,
Laisse-moi t'affirmer que, loin d'être indécis,
Je veux prouver qu'on peut résoudre, le problème
Sinon d'une épopée en vingt et quatre chants,
Au moins d'un récit dont l'âme patriotique
S'impose à tous les cœurs par les efforts touchants
Du héros Gambetta digne du vers épique.

*
* *

N'était-il pas encor conforme à la raison
De chanter cette vie avec ses synchronismes ?
— Si, depuis son exorde à sa péroraison,
Un discours se permet quelques anachronismes,
Le poème, à coup sûr, a droit au merveilleux
Comme aux tableaux changeants qu'invente la féerie !
Et dont tout l'objectif est d'éblouir les yeux !...
Lecteur, je t'offre donc toute ma galerie...

*
* *

Oh ! mais ce n'est pas tout que d'écrire ou de peindre,
Barbouiller de la toile et noircir du papier,
Ni d'exceller dans l'art d'inventer et de feindre ;
L'imagination ne fait là qu'un métier
Classé depuis longtemps dans la catégorie

De l'art pour l'art n'ayant qu'un cours inférieur.
Mais au grand art s'impose une autre théorie,
Une autre mission, un but supérieur !

*
* *

Quand le vaisseau battu par l'aveugle tempête,
Avec ses mâts rompus est tout près de sombrer,
Le pilote attentif, en son cœur et sa tête,
A charge de salut, et, pour mieux rassurer
L'équipage, il lui prouve, en savante manœuvre,
Sa foi dans la boussole, et tous les matelots
Reprennent leur espoir. . . . .
. . . . C'est ainsi qu'en son œuvre
A foi le vrai poète ! Et comme sur les flots

*
* *

De la mer mugissante en terrible furie,
Ce poète (qu'il soit grand artiste, orateur),
Pilote plein de foi, se doit à sa patrie !
Sur l'océan humain en vaillant sauveteur,
S'il navigue parmi les récifs et les lames,
Les vagues en fureur des révolutions,
Il a charge à son tour de salut pour les âmes,
Dont il doit apaiser toutes les passions

VI

— Ami lecteur, ainsi, j'ai hâte de conclure
Et de saisir au vol cette transition :
Gambetta n'est-il pas la preuve la plus sûre
Et la plus juste pour la situation ?
— C'est lui qui la fournit, il fallait cette pause,
Après les seize chants qu'il a déjà donnés,
Avant les huit derniers, si son luth se repose,
— Ah ! c'est que le trouvère à tes yeux étonnés,
Espère, en reprenant sa force et son courage,
Affirmer qu'il n'est rien de plus inspirateur
Que le patriotisme !. . . . .
. . . . Aussi dans cet ouvrage
Va pouvoir le prouver le tribun-orateur !

Poitiers, 15 décembre 1885.

A MES CONFRÈRES

Société Nationale de l'Encouragement au Bien

———◆◇◆———

SOUVENIR

Lorsqu'Arnoul (Honoré) — Montyon novateur, —
Du beau, de la morale ardent observateur,
Vit son œuvre grandir, en vertus fécondantes,
Il la dota d'abord, en bon père et tuteur,
Puis, la remit aux mains honnêtes et prudentes
Du philosophe, inamovible — ou sénateur
Jules Simon, dont les fonctions éminentes
Encouragent toutes actions éclatantes !

*
* *

Or un jour, sans qu'ait pu transpirer le secret,
Du fond du cœur d'Arnoul exultant, mais discret,
A la solennité, l'ovation publique,
Soudain se fait entendre un nom inattendu :
— « Gloire à Jules Simon ! juste hommage rendu,
« Nous posons sur ton front la couronne civique ! »

Poitiers, 18 août 1894.

Oui, Messieurs et honorés confrères, le fait que relate
ce faible sonnet eut lieu, en mai 189..., devant 4 à 5000 per-
sonnes en séance publique, au Cirque d'hiver, Boulevard
du Temple, et impressionna vivement le président M. Jules Simon très sensible à cette justice rendue au grand
citoyen, par le fondateur de la Société d'Encouragement
au bien et son vigilant comité.

Que de faits lamentables écoulés depuis ! Notre cher
Arnoul n'est plus ! L'auteur de « la Conscience », « du

Devoir » et de « l'Ouvrière » atteint d'ophtalmie, suit son traitement à Villers-sur-Mer (c.) dictant à sa bien-aimée Antigone, ces mots dignes d'un Homère, d'un Milton ou d'un Delille :

« Villers-sur-Mer, 15 août 1894.

« Merci, mon cher ami, de vos vers que je goûterai
« mieux, quand je pourrai les lire avec mes yeux ; j'ai
« cessé d'écrire et puis, je ne peux plus me guider, il me
« faut un braset un bâton... On pense qu'on pourra faire
« la deuxième tentative en octobre. Voici la nouvelle du
« bord, avec toutes mes amitiés et bons souvenirs de
« ma femme.

« JULES SIMON ».

Le cœur et les pensées de notre cher Présisent étant comme la maison de Socrate, j'ai cru de mon devoir, les ouvrir à mes honorés collègues et souhaiter, avec eux, le succès de la nouvelle tentative en octobre.

Et Dieu merci, elle a réussi, car plus que jamais, notre ancien président du Conseil des Ministres, doyen de l'Académie française, président de l'Académie des Sciences morales et politiques, et président de la Société d'Encouragement au bien, a fait un nouveau bail avec la jeunesse, car il est infatigable en ses multiples travaux intellectuels.

TABLE DES MATIÈRES

ŒUVRES DE TH. VÉRON

LES LIMBES, 1 vol. in-18. . . . . 2 fr.
DU PASSÉ, DU PRÉSENT, DE L'AVENIR DE L'ART,
   1 vol. in-16 (épuisé). . . . . » »
LES LIGUGÉENNES, 1 vol in-12. . . . . . . 1 50
LES BORDELAISES, 1 vol. in-12. . . . . . . 1 50
PIERRE, 1 vol. in-18. . . . . 2 »
OCTAVE ET LÉO, 1 vol. in-18. . . . . . . 2 »
FLEURS MORTES, 1 vol. in-18. . . . . . . 2 »
WILLIAM, 1 vol. in-18. . . . . 1 »
LES POÈTES, 1 vol in-18. . . . . 1 »
ECHOS et REFLETS, 1 vol. in-18. . . . . . 1 »
LA GARIBALDIADE, 1 vol. in-18. . . . . . 4 »
LES RABELAISIENNES, 1 vol. in-18. . . . . 1 »
LES PHOTOGRAPHIES, 1 vol. in-18. . . . . 1 »
LES MÉLODIES, 1 vol. in-18. . . . . . . 2 »
RUDIMENTS D'ESTHÉTIQUE, 1 vol. in-18. . . 1 »
IMPRESSIONS D'UN TOURISTE SUR LE SALON DE 1874. 1 »
1er ANNUAIRE DE L'ART ET DES ARTISTES DE MON
   TEMPS. SALON DE 1875. . . . . 2 50
LA LÉGENDE DES REFUSÉS. QUESTION D'ART CON-
   TEMPORAIN. . . . . 2 »
2e ANNUAIRE DE L'ART ET DES ARTISTES DE MON
   TEMPS SALON 1876. . . . . 3 50
PROJET D'INSTITUT UNIVERSEL DES SCIENCES, DES
   LETTRES ET DES ARTS. . . . . 1 »
3e ANNUAIRE DE L'ART ET DES ARTISTES DE MON
   TEMPS. SALON DE 1877. . . . . 4 »
4e ANNUAIRE DE L'ART ET DES ARTISTES DE MON
   TEMPS. SALON DE 1878 ET EXPOSITION UNIVER-
   SELLE, 3 vol. 2150 pages. . . . . . . 20 »
5e ANNUAIRE DE 1879, 1 vol., 920 pages . . . 8 50
6e ANNUAIRE DE 1880, 1 vol, 1277 pages. . . 10 »
7e ANNUAIRE DE 1881, 1 vol, 1125 pages . . . 10 »
8e ANNUAIRE DE 1882, 1 vol., 708 pages . . . 8 50
9e ANNUAIRE DE 1883, 1 vol., 630 pages (Salon . 8 50
9e ANNUAIRE DE 1883, 1 vol., 300 pages (triennale) 3 50
10e ANNUAIRE DE 1884, 1 vol., 722 pages. . . 8 50
11e ANNUAIRE DE 1885, 1 vol 8 50
12e ANNUAIRE DE 1886, 1 vol, manuscrit . .
13e ANNUAIRE DE 1887, 1 vol, manuscrit jusqu'à 1895 inclus
ETUDES SUR LES POÉSIES DU GÉNÉRAL PITTIÉ. . . 2 »
JULES GRÉVY ET JULES FERRY. Sonnets . . . » 25
MISCELLANÉES, Actualités. . . . . » 50
14e ANNUAIRE 1888, manuscrit. . . . . .

LA GARIBALDIADE, poème en 16 chants, avec lettres
   autographes de Garibaldi et de Victor Hugo. . 4 »
TIBURCE OU LE MÉDIUM DE LA MORT, Sonnets-poèmes
   en 2 volumes. . . . . 10 »
LA GAMBETTADE, poème 2 vol., 24 chants. . . 10 »
LE BANQUET DE PUYMIRE, 1 broch. 1 50
ODES ET SONNETS. . . . . 1 »

www.ingramcontent.com/pod-product-compliance
Lightning Source LLC
Chambersburg PA
CBHW070807260626
47161CB00006B/2185